KB060259

청어詩人選 358

워낭소리

이상규 시집

청어

워낭소리

이상규 시집

여는 시

　이제, 빈 들길을, 비어 있어 억새꽃 더욱 우수수 일어서는 들길을 구름을 밟듯 걸어 볼란다. 먼 기억의 저편에 사름사름 사려 두었던 처음 그 자리에 다시 와 해 질녘 드문드문 귀가를 서두르는 농부들 발소리 산그리메로 오는 길, 쫓기듯이 발등 적시며 질러 왔던 길, 그래서 늘 에돌기만 하던 그 길도 다시 걸어 볼란다. 천천히 아주 천천히.

　마른 풀들이 서걱이는 이야기도 들어 볼란다. 마디풀, 지칭개, 꽃마리, 미처 제 배내 이름도 불러 주기 전에 발길에 밟혀 잊혀진 잡초들이 저들끼리 하는 이야기며, 방아깨비 한 마리 질경이 한 포기도 그냥 왔다 그냥 가는 것이 아니라며 제 그늘에 차곡차곡 쌓아 두었던 사연들도 들어 볼란다.

연잎에 소낙비 쏟아지듯 서둘러 왔던 그 길, 모가지가 꺾여 제 속에 이는 바람에도 만가를 풀어내는 수숫대 발 아래 숨어 사위어가는 목숨에 입 맞추는 풀벌레, 그리고 시린 이파리 그 이름 앞에 연초록, 갈맷빛, 샛노랑 이런 예쁜 낱말 하나씩 붙여도 보고.

　여울물이 제 살갗 부비는 강 머리에서 아슴한 내음이 켜켜이 전설로 쌓인 할매의 웅숭깊은 눈 속에 흐르다가 고이고 고였다가 흐르는 강물의 내력도 처음 그 자리에 다시 와 들어 볼란다.

　　　　　　　　　　(졸시 「처음 그 자리에 다시 와서」 전문)

차례

제2부   볕 좋고 바람 부는 날

제3부 찌그러진 데 펴드립니다

제4부 속눈썹이 닮았다

제5부 워낭소리

제1부

감옥이 따로 없다

주는 쪽도

받는 쪽도

목에 걸리는 슬픈 품삯

보릿고개

장돌뱅이 김씨는 난전 어물장수다
오일장을 뺑뺑이 돌 듯 돌아가며
만원에 동태 두 마리 토막 내서 판다
보리 필 철이라 시골장도 생기 돋을 땐데
코로나 바이러스 묻혀 들어온다고
시장번영회마다 아예 발도 못 붙이게 한다
그 틈을 비집고 되살아 난 보릿고개 망령이
바튼 기침 할딱이는 숨통을 바짝 죄어온다
막내 대학은 쉬는데 학자금은 빚을 내고
식구들 맨날 팔다 남은 동태탕만 먹여서
돼지 목살이라도 한 근 사 먹이고 싶은데
마스크 산다고 줄서기에 묶여 입안이 탄다

전화기

장식장 위에 전화기가 동그마니 앉아있다
생전에 어머니께서 받기만 하던 전화기
이승에는 코로나가 이리도 극성인데
저승에 계신 어머니 안부가 궁금하다
해방 이듬해 콜레라에 그리 식겁食怯* 하시고
생시 같으면 새끼들 걱정에 비손 부비실 텐데
그 동네는 모두 고질병에다 연세도 높아
기력이 바닥 난 노인들만 모여 사는데
마스크나 제대로 챙겨 쓰는지 걱정이다
이-런! 전화번호도 물어 놓지 않았네.

*식겁食怯: 겁먹는다는 방언

15

감옥이 따로 없다

피붙이 만나는 일이 이리 어려워서야
흰머리가 느는 딸이 노모 걱정에
전화기를 붙들고 사정사정하다가
애태우다 못해 막무가내 양로원에 갔다
대면접촉을 못하니 면회실은 닫혔고
그나마 민원안내 창유리를 사이에 두고
엄마는 안쪽, 딸은 바깥쪽에 마주 앉았다
그렇게 음전하던 종가 댁 맏며느리가
요양사가 건네주는 껍질 벗긴 바나나를
눈도 안 맞추고 채신없이 먹기에 바쁘다
어찌어찌 무람없는 정신이 돌아왔는지
먹던 걸 입에 문 채 주르륵 눈물을 흘리며
부옇게 흐린 눈으로 딸 얼굴을 더듬는다
딸도 어른거리는 유리에 손바닥을 마주 댄다
모녀가 손도 잡지 못하는 코로나 세상
감옥도 이런 감옥이 따로 없다

붕어빵

코앞에 건널목이 있는 옹벽 모서리
세 갈래 길이 갈라지는 난달 어귀에
붕어빵 리어카 하나 성업 중이다
노란 붕어빵은 참 푼더분한 빵이요
따스한 온기가 뭉긋이 피어오르는
한 입 물면 마음이 먼저 녹는 빵이다
코로나 난리에 다붙지 말라는데도
빵틀 둘레에 열 지어 어슷어슷 포개
가지런히 몸을 데우는 구운 빵들이
살짝 웃는 아지매 덧니처럼 살갑다
붕어빵은 입에 물려줘야 제 맛 나는 빵이다

어떤 성묘省墓

명절 지나 발길 뜸한 공원묘원
성묘를 다녀갔는지 비석 앞에
마스크를 펴 양쪽 귀를 눌러 놓았다
그 동네도 여기처럼 코로나 극성으로
서로 만나기가 얼마나 조심스러울까
염려하는 효심에 이승저승이 따로 없다
걱정되어 미리 다짐이라도 하려는 듯
꿈에라도 다녀가실 요량이면
사람 많은 곳은 에돌아 피하시고
마스크는 꼭 쓰고 오시라고

코로나동이

엎치기도 못하는 눈자라기들이
마스크를 얌전하게 쓰고
눈알을 동글동글 굴리며 누워 논다

간식을 물려주면
제가 마스크를 올리고
입은 오물거리고 눈은 웃는다

엄마 아빠도 마스크
두세 살 언니 오빠도 마스크
어린이집 선생님도 마스크

어쩌다가 마스크가 내려오면
옹알옹알 가리키는 시늉을 한다
놀랍다! 따라 배우는 코로나동이들

살려 주세요

삼십 년 이골 난 맥줏집 아주머니가
원룸 전세를 빼서 알바 월급을 준 뒤
텅 빈 가게 소파에서 숨을 거두었다
노래방을 운영하던 딴따라 아저씨가
제 차 안에서 문 잠그고 숯불을 피웠다
차차 나아지겠지 기다리던 PC방 주인도
쉬다쉬다 못해 인력에 얼굴을 디밀었다
코로나로부터 안전한 나라를 만들겠다며
희죽이 웃던 그 한참 뒤부터 일어난 일이다
연일 살려 달라고 저리 아우성이다

20

상식 1

맞으면 맞는 게 맞고
안 맞으면 안 맞는 게 맞다

안 맞는데 맞으면
탈이 나고
맞는데 안 맞으면
그 또한 탈이 난다

코로나 백신뿐만 아니다
세상만사가 다 그렇다

슬픈 품삯

덜 받겠다는데 더 주겠다 하고
더 주겠다는데 덜 받겠다 하는

이 아름다운 실랑이!

덜 준다고 다 나쁜 것도 아니고
더 준다고 다 좋은 것도 아닌데

주는 쪽도
받는 쪽도
목에 걸리는 슬픈 품삯

액자에 걸린
'저녁이 있는 삶'

사람 되라고

이 시대 마지막 유학자 임종이시다. 아들 가슴에 비스듬히 안긴 봉화고을 권헌조 선생이 고종명을 맞고 있다. 돌아가시기 전에 얼굴 한 번 더 뵙고 한 말씀이라도 더 들으려 머리 허연 한학자들이 문지방 안팎 가득 무릎 꿇고 바라보고 있다. 한 사람이 놋숟가락으로 선생의 가쁜 긴 입에 물을 떠 넣으며 조심스럽게 물었다. 선생님 가시기 전에 한 말씀만 더 주십시오, 우리가 이 어려운 공부를 왜 해야 하는지요. 권옹이 모랫바닥 같은 혀로 바싹 마른 마디말을 밀어 내신다.

사, 람, 되, 라, 고!

개새끼

공원 의자에 머리 희끗한 남자가 앉아 신문을 보고 있다. 강아지를 몰고 온 중년의 여자가 조금 떨어져 앉는다. 그때, 신문에 눈을 박고 있던 남자가 느닷없이 "개새끼"하고 내뱉는다. 그 소리에 놀란 여자와 강아지가 동시에 남자를 보았다. 앙증맞게 조끼까지 차려입은 강아지는 잔뜩 주눅 든 표정이고, 여자는 눈을 모로 세우고 강아지 목줄을 잡아당긴다. 그러거나 말거나 남자는 신문에 눈을 꽂고 있다.

수뢰혐의로 구속되는 유명 인사가 손으로 얼굴을 가린다.

무제 1

병풍 속
쪽배 위에
빈 낚시 드리우고

능라에 수놓은 꽃
하마 열매 바랐을까

바다로 가던 물굽이
일부러 산을 넘는구나

휘핑보이[*]

좋겠다!

저는 두려워
남 시키고

컨베이어 벨트에도
스크린 도어에도
지하 탱크에도

비켜날 수 있어서

*휘핑보이(Whipping boy): 중세 유럽, 귀족 자식 대신 매 맞는
하층계급 아이

EXIT

되짚어보면
미세먼지 뿌옇던
그때부터

버젓한 정문은 놔두고
껴묻어
들고 날던 비상구

수상한 시절에
도대체 무슨 짓들이냐는
무성한 소문

빗장 속내를 알 리 없는
돌쩌귀, 저만 애가 닳을 뿐

덧게비에게

덧게비는 떠나라
촛불 너울을 화광처럼 두르고
전지자인 양 가부좌를 틀고 앉은
덧게비는 이제 떠나라
숨 쉬는 것을 일이라 하지 않는 것처럼
투쟁이 있기 전에 노동은 있었고
노동을 투쟁이라 하지 않는 것처럼
다만 숨 쉬듯 일하고 싶을 뿐인데
사월도 아닌 것이
유월은 더더구나 아닌 것이
부추기고, 충동하고, 편 가르고
등 떠미는 자여, 덧게비여!
진실의 허울을 쓴 돌부처 앞에
남편들의 아내, 아이들의 엄마가
미망인이 두려워 무릎 꿇고 빌고 있다

이 땅의 착한 아들들이, 남편들이
명분도 없이 모두 패자가 되는
그런 놀음은 이제 싫다, 그러니
돌라방치고* 덧게비치는* 짓은 그만 끝내고
모든 덧게비는 영영 떠나라!

*돌라방치기: 있던 것을 빼돌리고 딴 것을 바꿔 놓는 짓
*덧게비치기: 쓸데없는 짓 위에 또 덧대는 짓

제2부

볕 좋고
바람 부는 날

때가 돼서 심는 거는
내가 할 일이고
올라오고 안 오고는
제가 할 일이고

볕 좋고 바람 부는 날

짐승들도 볕 좋고 바람 부는 봄날은
사람처럼 그 짓을 하고 싶은 모양인지
문 걸어 잠그고 숨어 하는 게 아니라
푸른 햇살 아래 자리 펴 놓고 예사데

진분홍 철쭉이 마음 놓고 자지러지던 날
불끈불끈 솟는 춘심을 재울 수 없어
은근하게 한바탕 낮거리를 하려는지
굴참나무도 아랫도리 뻣뻣해져 건들거리고

똬리 튼 하얀 솜털꼬리 납작 치켜세운
암노루 뒤를 수놈이 콧등으로 간지르데
저놈들이 언제 사람 하는 짓을 배웠는지
마주 보고 눈 맞추며 알짱대는 저 짓거리라니!

산까치도 알건 다 안다고 푸드득 날고
모른 척할 것이지 속내 내고 지랄이야
핼끔핼끔 껑충껑충 달아나는 바람에
아까운 풍경 놓쳤다며 온 숲이 술렁이데

밤꽃사태沙汰

산나물을 뜯어 버무리를 쪘다면서
삼베 보자기에 싼 양푼을 안고 와
어머니 맛보시라며 눈은 내게 꽂고
핼금핼금 웃는 속을 진작 거니 챘어야 했다
보릿고개 할딱이며 미적거리는 망종 무렵
일 바쁜 동네 이 집 저 집 불려 다니느라
골목에서 마주치면 까닭 없이 눈 흘기고
그러거나 말거나 했지 이럴 줄은 몰랐다
오늘, 밤나무골 외진 모퉁이에서 만나자마자
짐짓 모난 얼굴로 다짜고짜 날 잡아끌고
하얗게 흐드러진 밤꽃 숲을 헤매 돌더니
굵고 암팡진 나무 등걸에 밀어붙여 놓고
달큼한 풋내를 콧속에 들이붓는 것이었다
밤꽃사태에 내 정신은 진즉에 집 나가고

실마리

자장면 한 그릇을 시켜 놓고
주렁주렁 드리운 주렴 사이로
주방장이 국수를 뽑는 모양을 본다

양손으로 밀가루를 뭉쳐 떡판을 칠 때마다
밀가루 반죽이 손가락 사이로
수많은 가닥으로 갈라지는 면발
나도 따라 걱정이 천 갈래 만 갈래다

사념이 갈라지는 어지러운 심사로
저러다 타래가 헝클어져
끝내 실마리를 찾지 못하면 어쩌나

전전긍긍하는 걱정 틈을 비집고
국수발 가지런한 그릇이 내 앞에 놓인다
그제야 생각들도 제자리를 잡는다

어지러운 세상사 모래를 살살 뿌려가며
사름사름 실마리를 사려 담던
어머니의 아득한 삼실 소쿠리처럼

향촌鄕村

한로머리 가을 하늘은 맑고 푸르다
떼를 지어 날던 고추잠자리는
재주가 늘어 곡예비행을 하고 있다
누런 가을 들판은 구수하게 익어가고
할배는 손가락으로 타작 날을 짚어 본다
수놈을 등에 태운 암메뚜기는 힘이 솟아
나락 이삭을 타 넘어 널뛰기를 하고,

동네 한가운데 넓은 타작마당에는
치맛말을 말아 올린 시어머니 따라
딸, 며느리 손을 모아 삼실을 날고 있다
팽팽한 날실에 밀풀로 듬뿍 솔질을 하고
은근한 밑불에 마른 실을 도투마리에 감아가며
다가올 동안거 참선 화두를 장만하는 중이다
가을걷이를 앞에 둔 참 정겨운 풍경

비빔밥

우리나라 비빔밥은 닷새장 장마당이다
반가움에 덥석 껴안고
너스레에 손사래 치다가
나중에는 섞여져서 조물조물 비벼지고 마는

소란스러워도 도무지 시끄럽지 않다
오지랖 넓은 멍석 위에 퍼질러
네 웃음 내 눈물로 간을 맞추고
내 속 네 속 버물어 풀어내는 농악이다

굿거리장단에 자진모리 한마당
흥에 겨운 장꾼들 손짓 발짓 춤사위에
두레소리 제 물에 들썩들썩 신이 나서
어깨 바람 일어서는 흥겨운 어울 잔치

청포에, 고기에, 두서넛 탕평채蕩平菜로
여럿 손맛 하나로 빚는 배달족 문화
하늘을 나는 유비쿼터스 기내식機內食
마무리 감칠맛은 조선고추장 몫이다

쉬엄쉬엄

비탈진 밭 언덕에
드러누운
누런 호박덩이

가뭄이니
장마니 하던 때도
이제는 다 지난 일

한 해를
한 세상 살 듯
잘 살았다고

저무는 가을볕에
쉬엄쉬엄
익어가고 있다

욕지 고구마

바다 건너 소문에
창끝처럼 일어서는 욕지도 아침

비 그친 남해 바다 굽어보며
조선 수군 창대 고쳐 쥔다

종이연 띄워 교신하던
핏빛 황토밭 비알

앉은 자는 앉은 대로
모로 누운 자는 모로 누운 대로

밤비에 땅내 맡고
꼿꼿이 고개 치켜드는 고구마 순

콩나물 해장국

점심 차리기도 뭣하니
나가서 사 먹잔다

콩나물 해장국!

나는 속이 편하고
아내는 뒷손이 편하다

달관

날씨가 풀렸다고
할머니가 남새밭에서
쑥갓이랑 상추씨를 심고 있다

귀농한 새댁이
지금 심으면
제때 싹이 나느냐고 묻는다

때가 돼서 심는 거는
내가 할 일이고
올라오고 안 오고는
제가 할 일이고

평생 무릎걸음으로 땅을 기시더니
호미로 슬슬 흙을 고루며
하시는 말씀이
참말 달관達觀이시다

쓰기 좋게

오늘은 보건소에서
예방접종하는 날입니다

할머니들이 줄지어 앉은 복도
아이들이 엄마 뒤를 졸졸졸졸 따릅니다

넷 다 집에 애들 인교?
예,

딸 둘에 아들 둘
딱 쓰기 좋게 낳았네!

도항리 암각화

동심원을 쪼고 있는 사내 곁에서
아낙은 무슨 말을 하고 있을까

몇 마디 모음으로
다 할 수 없는
지순한 사랑을 정 끝에 모우고
누천년을 저렇게 돌을 쪼는 사내

눈과 비와 바람을 품고
해와 달과 별이 머무는
튼실한 아낙의 성혈

암각화가 있는
선사 마을에 오면
아라가야 아이들이 아파트 사이에서
아라홍련*처럼 활짝 피어나고 있다

*아라홍련: 아라가야유적지에서 700년 된 연꽃 씨蓮子가 발굴되어
꽃을 피웠음

아라홍련

아라궁 연못 가득 홍련이 피면
아롱아롱 연 향기 창가에 어려
열여섯 처녀 가슴 설레게 하네
남가람 구비 구비 풍년이 오고
아라국 태평성가 흥에 겨운데
님 마중 나설꺼나 아라 공주님
에헤야 아라홍련
아리 아리랑
데헤야 쓰리 쓰리
홍련이 피네

성산성 누대 위로 보름달 뜨면
살금살금 달빛이 창문을 열어
글 읽는 사내 마음 흔들어 놓네
아라국 함성소리 하늘에 높고
홍련꽃 고운 향기 실려 오는데
님 찾아 가자꾸나 아라 왕자님
에헤야 아라홍련
아리 아리랑
데헤야 쓰리 쓰리
홍련이 피네

곶감 사랑

오늘은 그대 혀끝에서 피어나고 싶다
시린 하늘가지 끝에 매달린
어릴 적 까치밥 같은 달디 단 내음
여항산 단풍 빛에 내리 물들어
아른아른 발갛게 얼비치는 속살
찬 서리 언 바람에 알몸 내맡기고
마음 아려 더디게 여무는 사랑
묻어둔 전설을 되짚어가며
그대 위해 영그는 함안 파수곶감
오늘은 그대 입안에서 녹아나고 싶다

처녀뱃사공 3, 4절

3절
낙동강 백사장에 저녁노을 지는데
강물에 일렁이는 오라비 모습
포성이 멎었는데 기별은 멀고
몸성히 오시기만 바랄 뿐이네
에헤야 데헤야 노를 저어라
삿대를 저어라

4절
뱃전에 철썩이는 오라버니 그 음성
휴전선 그어놓고 이제나 올까
악양루 나루터에 빈 배만 홀로
큰 애기 타는 가슴 옷섶이 젖네
에헤야 데헤야 노를 저어라
삿대를 저어라

*'처녀뱃사공' 노래 가사의 진원지인 함안 '악양루' 나루터에서 원곡
가사 1, 2절에 잇대어 보았다.

황소는 없다

씨름꾼을 빼닮았던 황소는 이제 없다
열두락 논바닥을 하루해에 갈아엎고
태산을 들이받고 날 선 뿔로 떠넘기던
황소는 이제 없고 거세소만 남았다
위선의 굳은 땅을 뒷발로 박차고
관념의 옹벽을 이마로 들이받던
고구려 사내 같던 기개는 간데없고
배합사료에 길들여진 순해 빠진 황소
코뚜레가 끊어질 듯 콧김을 내뿜던
드세고 강직하고 우직한 믿음 대신
우황牛黃 들어 웅웅 멍든 속울음 울며
초원에서 내몰리고 심우도에서 길 잃고
산부인과 진찰대에 누운 임산부처럼
초음파에 내맡긴 야들야들한 마블링
부드러운 속살을 수줍게 내맡기고
황소는 진즉부터 눈금으로 살아간다

제3부

찌그러진 데
펴드립니다

세상사 너무 성급하게 못을 박다가
지레 구부러져 버려진 일 얼마나 많았을까
구부러진 인생도 다시 펴서 쓰였으면 하고

뼈를 깎다

한라산 바위 틈서리에
살아 천년을 풍찬노숙 하던 주목
죽어서도 날마다 뼈를 깎고 있다

죽어 천년을 살기 위해
깎이고 깎여
형해만 남아 더욱 빛나는 저 촉루

산 아래 세상에는
입으로만 뼈를 깎는 사람들이
깎은 뼈를 깎고 또 깎고 있다

아직도 깎을 뼈가 더 남았는지
여의도 저잣거리에서
깎을수록 불어나는 제 말을 깎다가
목민심서를 높이 베고 링거를 맞고 있다

시래기

시래기를 쓰레기인양
허투루 보지 마라

너는 언제
한뎃잠 자는 시린 뱃속을

한마디 빈말로라도
데워 준 적 있었더냐

선암사 해우소解憂所

여보게, 조계산 선암사에 가시거든
그 절 해우소에 들러 볼일부터 보시게
두꺼운 송판 두 쪽에 양 발 디디고
모쪼록 공손하게 쪼그리고 앉아
뒤틀리고 꼬여서 응어리졌던 번뇌
애써 안 그런 척 갈등으로 버티다
마음 놓고 힘주어 털어버리게나
한때는 내 것이었다 나락으로 떨어지는
내 속을 속속들이 아는 가장 살가운 진실
아득히 맴놀이로 이어지는 범종소리
네 것 내 것 가리지 않고 쌓기만 하였으니
비우고 버려야 들이고 채울 것 아닌가
부처님 앞에 다가서기 부끄러웠던 속내
대웅전에 오르는 걸음 한결 가벼울 걸세

짝짝이 신발전

장꾼들 북적거리는 장마당에도 끼지 못하고
장짐 부려 놓고 쉬는 화물차 주차장 구석에
생뚱맞게 짝짝이 신발 좌판을 벌여 놓았다
요즘에도 이런 난전이 있다는 게 신기하여
짝 맞추느라 신발더미 헤집는 구경에 둘러섰다
막대사탕 빨며 지나던 젊은 한 쌍이 눈짓하더니
복판에 껴들어 무더기를 헤적이기 시작한다
있는 집 아이들은 백화점에서 산 신발도
질도 나기 전에 흠 뜯어 헌신짝처럼 버리는데
짚신도 고무신도 제 짝이 있다는 옛말처럼
저리 속 야문 애들도 있나 싶어 눈이 간다
다방에서 커피 시켜 놓고 건성건성 맞선 보던
싱겁이처럼, 이리저리 짝을 찾는 북새통에
그 젊은이들이 운동화 한 짝씩 들고 환호한다
유명상표를, 그것도 반에 반도 안 되는 값에
운 좋게 찾았다고, '복권 맞았다 그지!' 하며
허리에 팔을 두르고 어깨를 부비며 가는
고 뒷모습이 여느 애들 같잖아 예쁘고 미덥다
이참에, 사람 짝도 맞춰주는 짝짝이 좌판을
벌여보고 싶은 기특한 생각에 혼자 웃는 오일장

찌그러진 데 펴드립니다

누군들 살아오면서 한두 군데 흠이 없으랴
남모르게 찌그러지고 우그러진 데 없으랴

사차선 대로변 늙은 벚나무 가로수 아래
딴에는 노상 불법 주차에 주눅이 든
보기에도 후줄근한 낡은 봉고차
좌석을 들어내고 뒷문을 열어젖힌
이동 카센터의 잡동사니 가득한 경력과
옆구리에 '찌그러진 데 펴드립니다'며
겸연쩍게 내 건, 때 절은 플래카드 글귀에
들내기 싫은 제 이력이 꼬깃꼬깃 숨어있다
이런저런 교통위반에 숨 바쁜 순찰차도
찌그러진 데 펴준다는 그 말에 빙긋 웃고
경고 삼아 사이렌만 삑 울리고 지나간다
찌그러질 대로 찌그러져 본 사람이라야
본래대로 바로 펴는 순서를 안다는 듯
비틀어지고 쪼그라든 마음까지 헤아려서
오늘도 남의 상처를 팽팽하게 다림질한다
제살처럼 당기고 펴서 반질반질 윤을 낸다.

상큼 짭짜름한

깨물면 상큼 짭짜름한 맛
입 안 가득 톡! 터지는 미더덕

진동 어판장바닥에 중늙은이 아재가
미더덕을 묏등처럼 모아놓고
손님 왔다 벌떡 일어 서거라 하며
갈퀴로 무더기를 슬슬 긁어 올렸지
그러면 말귀를 알아들었다는 듯이
시도 때도 없이 껄떡대는
중뿔데기 거시기처럼 금방 탱글탱글 부풀어
낯붉히는 아지매 몸빼 자락에
물을 찍찍 싸대는 것이었다
그 틈을 놓칠 새라 우리들은
빙 둘러 서 있는 장꾼들 바지가랑이 사이로
손을 쑥 디밀어 대가리 치켜든 미더덕을
잽싸게 한 주먹 움켜쥐고 좌판 사이를
요리조리 다람쥐처럼 달아났지

주인은 흥정에 잡혀
발만 구르던 그 시절

오만둥이 산조散調

우둘투둘 미더덕 사촌 오만둥이, 붙임성이 좋아 오만 데
안 가리고 잘 붙어산다고 오만둥이라 이름 지었다지. 꼬
라지는 그래도 깊은 맛이 있다며 허허 웃는 어판장 중개
인 아재 붉은 잇몸이 오만둥이 닮았으이

오만 데를 싸돌아 댕기며 오만 참견 오만 소문 퍼뜨리고
오만 맛 오만 입질에 오만 냄새 다 피우는 못난 푼수들
이 발길에 걸리적거리는 세상인데

서푼 어치 밑천 하도 오래 써먹어 본전까지 바닥난 이녁
도 오만둥이 찜처럼 삼삼하다는 소리 들을 참이면 인자
는 그만 배배 꼬인 배알도 탈탈 털고 누긋하니 마누라
곁에 붙어 사부작사부작 콩나물이나 다듬으세

허물없는 세상

목욕탕에 와보면 알지
누구라 할 것 없이
허물없는 사람은 없다는 것을

허물 있는 사람끼리
허물을 벗다 보면
허물없는 사이가 된다는 것도 알지

목욕탕에 와보면 알지
허물이 있어야
허물없는 사이가 된다는 것을

목발 유감

무릎관절 수술을 앞두고 간호사가 목발 한 벌을 주며 '올바른 목발 보행법'을 익혀보란다 그전 목발은 야문 나무에 나사못을 박아 투박하고 무거웠는데 지금은 아연亞鉛 재질이라 날렵하고 가볍다. 그렇지만 지게 나무다리도 '木발'이라 하는데 이름이 영 마땅찮다.

'목(木)발' 대신 '연鉛발'이라 하면 어떨까 '목'하면 'ㄱ' 받침에 음이 끊겨 다리가 덜렁거리지만 '연'하면 'ㄴ' 받침 여운이 한결 부드럽다 마침 국립국어원원장이 나와 동명 시인이다. 이참에 참한 낱말 하나 새로 올려달라고 부탁해 볼까 '연발'하니 좋은 일이 연발連發 연발 생겨날 것 같아 다리가 나긋나긋 가벼워지는 기분이다.

은전

되놈은
법이고 하늘이었다

밤중에
감자 캐다 들킨 복녀는
치마를 뒤집어썼다

감자 한 소쿠리
은전恩典처럼 얻어 와
서방과 아이들 삶아 먹였다
어디서 났느냐고 아무도 묻지 않았다

되놈은
느물느물 웃으며
또 오라고 했다

*김동인의 「감자」에서 차용하였음

험한 꼴

그저 험한 꼴 당했거니 했다

곰곰이 생각해보면
붉은 동백이 모가지째
뚝뚝 떨어질 때 알았어야 했다
대동아전쟁 막바지에
징용 끌려간 이녁 탓도 했다

그날따라 문고리 안짝에
깜박 잊고
숟가락 안 꽂은 게 화근이었다

남의 집을 제 집처럼 드나드는
동네 구장이
배급표 나눠주러 왔다고 했다

그것도 늦은 밤에

치과의원에서

아, 아, 하세요
쪼오끔 시릴 겁니다

아, 아, 하세요
따아끔 하실 겁니다

포클레인 삽날로
바위 뿌리를 파 뒤집는데

지구는 제 살갗을
간질이는 줄 아는가 보다

조연현문학기념 백일장

함주공원은 아직 안개가 자욱하다
초등학생들이 삼삼오오 둘러앉아
듣도 보도 못한 조연현을 쓰고 있고
경전선을 지나는 터─우는 힘겹게 가래를 뱉는다
미술실기대회에 나온 아이들 하얀 도화지에는
배가 하늘을 날고 숲 사이로 비행기가 헤엄친다
동양척식주식회사 남을농장 함안도정공장에서는
강제 징발한 나락을 찧느라 밤낮이 없고
군량미 수송구루마 오야지를 맡은 아버지는
마산부두까지 실어 나르며 내선일체가 되었다
석재선생도 쌀 대신 글을 공출 당했을 거라는
내 말에, 최 원 시인은 그도 그렇겠다며 웃었고
권충욱 시인은 언제 세울지도 모를
문학비 조감도를 하릴없이 손질하고 있다
'동양지광東洋之光'을 곁 훑고 있는 외눈박이 뒤로
제 할머니가 놋그릇을 이고 바쁘게 가는 것이 보인다
봉성동 생가에 한국문학 문패를 달고 있던
오척 단구의 꼬장꼬장한 석재 선생
친일인명사전 속에서 뛰쳐나와 벼락같이
누가 시키더냐고 일갈하는 소리가
마른하늘을 울리는 봄날

우리나라 정치인은 천생 시인이다

우리나라 정치인은 모두 시인이다
용정 땅의 삭풍이나
후꾸오까 형무소 감방 벽에 그어진
손톱자국의 내력은 몰라도
하늘을 우러러 한 점 부끄럼 없이
잎새에 이는 바람에도 괴로워하는
우리나라 정치인은 천생 시인이다
윤동주보다도
아, 윤동주보다도 더 여린 가슴을 가진
오로지 민족 생각에 마음 아픈 시인이다
더러는 시인도 유토피아를 그리다
작심하고 저도 정치인이 된다
정치인이 더럭 시인이 되는 것처럼
시심으로 정치하는 우리나라 고운 나라

구부러진 못

신발장을 고치다 구부러진 못을 편다
그냥 버려질 구부러진 못이
어쩌다 소용이 닿는 데가 있어
바로 펴는 고통 뒤에 다시 얻은 쓰임새
제 무게에다 편력의 무게까지 덧얹어
늘 힘에 부쳐 왔던 신발들이 편히 쉬도록
틀어진 신발장 사개머리에 야무지게 박혀
더는 어그러지지 않게 버텨주는
비로소 제 역할을 찾은 구부러진 못 하나
세상사 너무 성급하게 못을 박다가
지레 구부러져 버려진 일 얼마나 많았을까
구부러진 인생도 다시 펴서 쓰였으면 하고
시답잖은 생각을 하다 혼자 웃는다

제4부

속눈썹이 닮았다

길조심하고, 차 조심하고
그래!
한길까지만

손사래 짓에
왈칵!
썰물 진 빈자리

다시 새 아침

이 땅의 어미를 생각하리
정화수 한 사발 떠 놓고
삼백육십오일 하루하루를
언제나 첫날 새 아침으로 맞이하던
이 땅의 어미를 생각하리
바다가 여느 물을 마다하지 않고
사나운 짐승도 제 먹이를 나누며
풀숲도 제 아래 작은 씨앗을 틔우고
흙은 보듬어 곡식을 키우듯이
지순한 삶을 살아온 어미를 생각하리
벌레 한 마리 죽이는 일이나
나뭇가지 하나 꺾는 손길에도
업보가 두려워 가슴 여미고
한마디 말이 허물이 되어
가슴 에이는 비수가 될까 두려워
곧이곧대로 살아온 어미를 생각하리
이 땅에 살다 간 어미와
이 땅에 살고 있는 어미와
이 땅에 살아갈 어미처럼

한없이 너그럽고 자신에게 엄혹한
거기에 무슨 딴 맘이 있으리
또 무슨 오만이 있으리
정화수 한 사발 떠 놓고
안으로 굳은 심지 더욱 아물고
여린 마음결로 소지를 받쳐 올리던
이 땅의 어미를 생각하리

보감수 할배

봇도랑 지킴이 보감수洑監守 할배는
지나 보니 세상은 구불구불 봇도랑 같더란다
개발바람에 부치던 논마지기 팔아치우고
더러는 팔자 고친다고 이리저리 덧들더라만
저인 못둑에 매인 질긴 소고삐 같아서
봇물 받아 나눠주는 묵은 봇도랑이 되어
그 끝에 매달려 사는 농투성이들 밥그릇에
고루고루 물길 이어주며 되레 느긋했더란다
논두렁 가득 찰방거리는 논물이
하룻밤 새 잦아드는 배동받이를 지나고
고추잠자리 가댁질하는 가을이 오면
제 밥상에 앉듯 아주 천연스레 몰려 앉아
이삭에 묻은 가을 볕살 쪼아 먹는 참새 떼마저
바짓가랑이에 엉겨 붙은 내 새끼처럼 흐뭇하고
비라도 오는 날이면 마음마저 마냥 눅어져서
가슴 밑바닥 응어리도 제풀에 모지라지고
뭉친 회한도 목구멍에 술술 잘 넘어 가더란다

66

봇도랑이 흄관에 밀려나는 때에 맞추어
남은 세월도 다해 이제 이쯤에 나앉아
내 허물을 나 혼자서 벗을 수 있어 좋고
사람들은 내날 같이 산 날이 몇 날 아니라지만
그래도 맑은 날이 궂은 날보다 많았다며 웃었다

무청

살다 보면
청대 같이 시퍼런
기개도 꺾여
헛간 처마 밑에 걸릴 때도 있다

숨이 죽고
결이 삭아
바래질 대로 바래지고
허리 접힌 당신의 고집처럼

속눈썹이 닮았다

아이가
자꾸 눈을 부빈다

눈에 넣어도
아프지 않을 녀석

속눈썹이
눈을 찌른단다

변변찮은 할애비
유산이 없어도 그렇지

물려줄게 없다고
부안검*을 물려주다니

*부안검副眼瞼: 속눈썹이 안구를 찌르는 증상으로 유전이 되기도 함

제 몫 찾기

오지 마, 내가 할 거야
세 살 바기 손자 놈이
나를 밀치며 화장실에 들어간다

시트를 척 올리더니
고무줄 바지를 발등까지 내리고
아랫배를 앞으로 쑥 디민다

바야흐로 제 몫 찾기 연습이다
그래그래
네 세상은 거기서부터 시작이다

일흔 넘은 할배는
이제 막
시트 내리고 앉는 연습 중이고

집이 외롭다

경로당에서
왼 종일
먹고 놀다가

누가 집 떼어 갈까 봐
해 다진데 가느냐고 핀잔이다

평생을 등짝 비비대며
하루도 그냥 비운 적 없었는데

저 혼자 얼마나 적적했을까
집이

끝나지 않은 해원解冤

아버지는 구루마를 끌었다
동양척식주식회사 남을농장南乙農場 직영
함안도정공장에서
마산부두까지 육십 리 길을
조(組)를 지어 군량미를 실어 날랐다
말 많은 입에 아버지는 일제앞잡이였다
대동아전쟁 회오리에 보국대 통지서를 받고
속마음은 내선일체도 황국신민도 아니건만
앓느니 죽는다고 순순히 현해탄을 건넜다
선산이라도 팔아 조선인 구장에게 찔러주고
미리 징용을 피한 요령 좋은 사람들은
갱차坑車에 실려 나오는 시신屍身 대신
필경, 막장까지 끌려갔을 거라고 수군거렸다
살아생전에 얼굴 마주 보겠느냐며
넋을 놓고 있을 즈음에야 아버지는
퍼석퍼석한 폐를 안고 누렇게 돌아왔다
나는 아버지의 객혈 단지를 한동안 보았다

나이가 멈춘 서른아홉 젊은 아버지는
일흔이 한참 지난 자식에게 오늘도 묻는다
무슨 광풍이 흙먼지를 이리 덮어 깜깜하냐고
나는 아직도 그 물음에 대답을 못하고
저들끼리 주고받는 수작을 흘겨볼 뿐이다

선비 전주이씨 유음先妣 全州李氏 遺音

사람이 나고 죽는 거는
꽃이 피고 지는 거하고 같은 기라
누군들 꽃 필 때가 없었겠나 마는
피는 꽃은 고와도 지는 꽃은 먼눈이지
나도 인자는 정신이 자꾸 자꾸 까라진다
그래, 언제 죽을지 몰라서 하는 말인데
내 죽거들랑 넘 한테는 기별하지 마라
니 내 없이 고마 안 뵈믄 죽은 줄 안다
아흔도 한참 넘었으이 죽을 때가 지났제
내가 오늘 낼 하고 이승 문지방에 걸터앉아
들숨날숨 쉬며 느그 애를 태우거들랑
거 뭐시라, 숨 쉬는 거 입에 씌우지 마라
있는 숨 다 내쉬고 짚불 사그라지듯 갈 끼다
정신 있을 때 하는 말이니 단디 새겨 들거라
회갑년에 저승옷 장만하모 갈 때 곱게 간다고
한 땀 한 땀 내 손으로 지은 안동포 일습을
시시 때때 거풍 하느라 미느리가 정신 썼다
따로 무슨 부탁이 있겠나만, 내 수의 입힐 때
내복 세 벌만 사서 널 안에 같이 넣어 도라
이름은 진작 잊았지만, 방긋방긋 웃을 나이

해방 전에 딸 하나, 육이오 피난 뒤에 아들 하나
다 키워, 황망 중에 보낸 아가 둘이 있다
저승 가는 길, 삼도천 건너 배 닿는 물가에
갸들 손잡고 너그 아부지 마중 나올 기라
장에 갔다 와도 손부터 먼저 쳐다보는데
이승에서 에미가 가면서 우째 빈손으로 가겄노
딸아는 예쁜 꽃무늬가 있는 분홍색이 좋겄고
머슴아 거는 품이 낙낙해야 뛰놀기 편하겄제
느그 아부지는 오형제 중에 걸때가 귀중 컸니라
죽은 사람은 나이를 안 묵는다 카는데
칠십 년이나 지나 쪼그라진 에미를 보믄
아부지 뒤에 숨어 낯설다고 안 울란가 몰라
생전에 에미 노릇도 못해 볼 낯이 없다마는
그래도 윤기가 댕겨서 배시시 웃으모 조컷다
재물 너무 밝히모 지 명대로 못 사니라
나는 일은 욕심내도 너므 거는 안 쳐다봤다
옳다 싶은 거는 강단으로 버텨 왔지마는
말 마는 데는 저릎에 닭 댕기듯 했니라
일 마이 한다고 일찍 죽는 거는 아이더라
없이 살아도 넘 보다 더 마이 나부대모

넘 죽 묵을 때 죽 묵고 밥 묵을 때 밥 묵더라
내 상례 치르는 거 고마 잔치라 여기믄 된다
집안 일가만 모여도 내 뒤가 그리 허전하겠나
자석 새끼가 또 새끼를 낳아 대를 잇는데
내가 비워줘야 너그가 자리를 잡아가지
내리 사랑이라고, 새끼들 뛰고 절고 노는데
나도 한자리 놀다 갈란다, 술도 한 잔 하고
그라고, 지난 세월 너거 아부지 일찍 보낸 거
젤로 원통했다만 인자 가모 금방 안 만나겠나
우째 그리 명이 짧던지, 올해가 만 육십년이네
너거 아부지 모셔 와 선영에 같이 묻어 도라
손재주가 좋아도 성정은 좀 까탈시러밧지
바른길 굽은 길에 오르막도 내리막도 있었는데
인자는 마음 쓸 것도 없고 가릴 숭도 없다
겨울을 지내 봐야 여름 고마운 줄 안다고
내 인자사 하는 말이지만 한집에 사는
미느리가 욕 마이 봤다, 내가 낳은 자석은
그렇다 쳐도 너므 집 귀한 딸 데려와
과부 시에미 등쌀에 울매나 속이 썩었겠노
내 얇은 복에 애먼 미느리 니가 고생 마낫다
미안하다, 아 키우고 살림 야물게 살아 고맙고

일곱째

잔박구러기 키울 때는
일곱째라 젤로 거석 했는데

시집 보내놓께
병든 시어마시 봉양 잘하고
새끼들 잘 키우고

서방 물어다 주는 거 갖고
살림 야물게 불리고
인자는 떡! 벌어졌다

가까이 있응께
쉬는 날 거석도 자주 시키고
이 거석 입히고
저 거석 입에 넣어 주고

바리데기도 아닌 것이
시방으로 봐서는
내게 긔중 거석 하니라

무게의 중심

할머니가 길을 가신다

오른쪽 손으로
오른쪽 무릎을 짚고
오른발을 뗀다

왼쪽 손으로
왼쪽 무릎을 짚고
왼발을 뗀다

무릎은
할머니 손을 받쳐주고
할머니 손은
무릎을 바로 잡아준다

할머니의 무게 중심은
무릎에 있다.

맨드라미 鷄冠花

덕천재 드나드는 길섶에
맨드라미를 가꾼 지 여러 해 되었습니다
작년에 핀 꽃에서 익어 절로 떨어진
까만 씨가 올해도 연한 새싹을 틔웁니다
배게 난데는 솎고 드문 데는 옮겨 심어
꽃을 피우고 새끼 낳듯 씨를 낳아
해마다 싹을 틔워 대를 잇습니다
볕바른 잔디밭 칠대 조 문약 선생 슬하에
이마 맞대고 사는 할배할매들이
양로원마냥 오순도순 정겹습니다
지나가던 이들도 웃음소리에 이끌려
마실 오듯 한참씩 어울리다 갑니다
사람 그리운 건 예나 게나 마찬가지여서
아이처럼 누가 와도 반갑기만 합니다
올해도 길섶에는 볏 붉은 계관화가
가을 내내 필 것이고 때가 여물면
애젊은 어미는 또랑또랑 야문 새끼를
제 터울에 품을 것을 나는 압니다

빈자리

얼른 가거라, 얼른
오냐!
삽작까지만

길조심하고, 차 조심하고
그래!
한길까지만

손사래 짓에
왈칵!
썰물 진 빈자리

세월에 대한 미필적 고의

나와는 상관없는 일이라며
40대 청년, 괄괄하게 말했다

그때 가서 생각해 보자며
50대 중년, 손사래 쳤다

거기까지 돌아볼 겨를이 없다며
60대 장년, 남 말하듯 했다

어느새 벌써 그렇게 되었냐고
70대 초로, 망연자실 먼 산을 본다

이제 와서 뭘 어쩌겠냐며
80대 할배, 대책 없이 우물거렸다

예까지 온 것만도 다행이라며
90대 할매, 호물호물 웃었다

김천을 지나며

김천을 지날 때면 그 여학생이 생각난다
나는 늙어도 그녀는 늙지 않았으면
늙더라도 고운 때 수줍은 미소는 남아 있었으면
학생문예지에 시를 투고하며 알게 된 펜팔친구
그녀는 어엿하고 너무나도 정숙한 이름 대신
성당 종소리처럼, 마른 풀냄새처럼
맑게 퍼지는 그런 이름 하나 따로 가졌으면 했지
만나지는 말자던, 흔히 하던 약속대로
설익은 낭만처럼 끝내 우리는 만나지 않았다
강원도 오음리에서 월남파병 훈련을 마치고
부산부두로 향하던 특급군용열차에서 내다 본
플랫폼의 샐비어는 어찌 그리 독하게도 붉던지
답장 못 할지도 모른다는 말을 곧이 믿고
서랍 속에 모아둔 편지 태우면서 어땠을까
그냥이어도 우린 서로 아무것도 아니었을 텐데
먼 것은 천 리 길이 아니고 한 뼘 마음이었는지
천연스레 살아 돌아와 예사롭게 또 나이를 먹고
김천을 지날 때마다 어쩌자고 슬며시 생각나는
갈피마다 김천 얘기를 자랑하던 그 여학생
오늘은 직지사에 와서 그녀를 생각한다

제자리

바위와 바위 사이에
무덤 하나 누워 있다

처음부터 그 자리에 있었던 것처럼
없으면 허전해서 안 될 것처럼

이가 꼭 맞는 거기
제자리 차지하고

누워있는 세월 한 자락
적멸이 저리 고즈넉할까

제5부

워낭소리

여기까지 끌고 오느라
멍에자리 깊이 패였구나

내 새끼 키운다고
네 새끼 줄줄이 정 끊고

낭만이 사라진 시대

역전다방에서 만나자는 걸
싫다고 했다

하필이면

이별의 플랫폼에서
헤어지는 연습 같아서

아무리 그렇더라도

아무리 그렇더라도
마음의 손은 놓지 마셔요

바람이 바람을 부르고
꽃이 꽃을 부르고
웃음이 웃음을 부르듯

당신과 나 사이에
어쩔 수 없는 강이 있다 해도

무지개다리는 꼭 놔요
마음과 마음이 오갈 수 있게

덩덕개*

아파트 당첨 발표하는 날
용천龍天하듯 깨금발을 치켜든다

삼밭에 들어선 것처럼
키 작은 나는 천정만 보이고

안 봐도 소리만 들으면 돼야
옆에서 누가 속살거린다

에라이 잡것들!
내 번호 지나가 버렸어야

거봐, 우린 모두 덩덕개여!
암캐 등에 올라타는 놈은 따로 있어

*덩덕개: 암캐 주위를 껑쭝대는 실속 없는 수캐를 이르는 속어(방언)

후보자

없다,
제 눈에
꼭 맞는 것은 없다,

그나마
그 중
낫다고 고른 거다

제 눈에 안경

미망인 별곡未亡人 別曲

세상에! '미망인未亡人*'이란 말 들어보셨나요
아무리 남편 먼저 보내고 죽어 산다지만
족장이 죽으면 가솔도 줄줄이 목숨 끊어
순장하던 무슨 부족국가 세상도 아닌데
대장부 지아비 한목숨 나라 위해 바치고
전사통지서 한 장 가슴에 묻었을 뿐인데
아니, 따라 죽지 않았다고 미망인이라니
사랑방 문틈으로 주워들은 문자 자랑하듯
억지로 씌운 벼슬같이 낯설고 거북한 말
그냥 쉬운 말로 부인이라 하면 될 것을
체면 가름으로 추켜세워 붙인 이름인가요
뉘라서 열녀문을 바라고 홍살문을 바랬나
비록 목숨 아까워 자진自盡하지는 못했을망정
죽지 못해 산 아프고도 슬픈 망백望百의 세월
날줄 씨줄로 엮어 한 필 베는 남겨야지요
머리칼을 잘라 미투리를 삼아 신고서라도
돌부리에 채이며 따라 가고 싶은 단심丹心인데
지워지지 않을 먹물로 낙인처럼 새겨놓고
생색 낼 일 같았으면 아귀처럼 달려들었을
여권女權을 입에 달고 사는 이 땅 어느 누구도

뒷짐 지고 힐끔거렸지 알은체나 하였나요
이제는 미망未亡도 굴레도 훌훌 벗어 버리고
이녁이 심은 자유와 평화 이만큼 키웠으니
지아비 곁에 가서 그냥 지어미로 누울라요

*미망인未亡人: 국어대사전에 '남편을 여의고 홀로 사는 부인' 따라
죽지 못한 사람(未亡; 남편은 죽고 홀로 살아남아 있음)이란 뜻으로
풀이

작심삼일

베란다에
배를 깔고 엎드린 상자 밑
일회용 라이터와
반쯤 피다만 담배꽁초가
숨어 소곤거리고 있다,

라이터가 말한다
'이번엔 작심이 대단한 모양이지,
나를 안 찾는 걸 보니'
꽁초가 대답한다
'아닐 걸, 나를 남겨 둔 걸 보면'

'우리'라는 말

'우리'라는 말은 참 울림이 좋다 웅숭깊어 속을 울리는 아리랑 같다 오래 닳아 손때 묻은 도래판처럼 만만하고 편하다 눈높이에서 마주한 둥근 얼굴이다 뺨을 비벼도 좋을 사이 둥글둥글 보름달 같아 말하지 않아도 네 마음 환하게 보인다 맑은 젖빛에 갓 목욕한 아기 냄새가 난다 네가 웃으면 탯줄을 타고 내 마음도 따라 벙글어지고 네가 아프면 내 마음도 저려온다 어머니 치마폭처럼 아늑하여 도무지 외롭지 않다 두어 잔 술기운에 네 활개를 펴고 강강—수월래로 빙글빙글 돌다 보면 울컥 뜨거운 국물이 목젖을 감아온다

우리는 나를 내려놓는 데서부터 시작되나 이마저도 물 같아서 들머리도 없다 양수 가득한 아가집이 이랬을까 새털처럼 가벼워져 우리마저 느끼지 못할 때 우리는 우리가 된다 이 모나고 갈라진 세상에

새첩다

할매와 손녀가 물걸레로 장독을 닦고 있다. 네 살배기
아이도 할매 따라 소매 걷고 거든다. 딴에는 제 키보다
낮은 항아리를 골라 닦는다. 물걸레가 지나간 자리 까만
햇빛 방글방글 새첩다. 새뜻한 듯 바라보는 아이 눈망울
반짝반짝 새첩다. 오목한 보조개에 고인 웃음 생글생글
새첩다. 통통한 손끝에 듣는 물방울 방울방울 새첩다.
뽀송한 이마에 맺힌 땀방울 송글송글 새첩다. 갈래머리
에 내려앉은 가을볕 반들반들 새첩다. 상강머리 감이파
리도 발그라니 새첩고 그러고 보니 새첩다는 말도 너무
너무 새첩다.

내외

구름실 아재 내외 한참 늦은 점심을 먹고 있네. 반질반질한 부뚜막에 엉덩이 반쪽 걸치고 겸상으로 앉았네. 무논 써래질에 젖은 바짓가랑이 가실가실 마르네. 장딴지에 말라붙은 뻘물이 쩌억 쩍 이마 주름살 같네. 잊고 살아온 세월만큼 정짓간 천정이 거뭇거뭇 아득하네. 서까래에 얼기설기 해묵은 거미줄도 머리칼처럼 허어옇네.

일머리 다투었는지 내내 말 한마디 없네. 콩나물 동이에 떨어지는 물방울 소리가 토닥토닥 보다 못해 둘 사이에 끼어드네. 상춧잎 집으려는 아재 손 젖히고 쌈 싸서 들이미는 아지매. 퉁방울눈으로 도리질하다 그예 아, 하고 받아먹네. 아지매 입이 배시시 웃음을 배어 무네. 입을 벌쭉하며 한 쌈 건네던 아재도 그만 실눈이 되고 마네.

띠포리

띠포리가 납작하게 누워 있다
은빛 비늘을 윤슬처럼 반짝이며
날렵하게 잔바다를 누비던 띠포리가
바닥없는 나락으로 잦아드는 것인지
모로 누워 혼미하게 가라앉고 있다
발라먹을 살도 없어 생선 축에도 들지 못하고
만만하다고 으레 가짓수에도 끼지 못하던
그래도 국물 맛내는 데는 띠포리만 한 게 없다며
끓는 물에 집어넣어 우려먹던 그 띠포리가
고열에 한기까지 갈마들어 몸살이거니 미적거리다가
척추염증이라고 듣기에도 어쭙잖은 병명으로
벌써 한 달 보름이나 병상에 누워 있다
띠포리 한 줌 넣고 된장 한 숟가락 풀어서
김치 넣고 보글보글 끓이면 한 끼는 먹을 거야
입에 걸러 넣을 게 없을 거라며 내 걱정을 하는
아내는 척추 마디마디가 물러 누워 있는데
밴댕이 소갈머리처럼 연득없는 나는
연하디 연한 띠포리 등뼈까지 우려내어
혼자 살겠다고 후룩이며 밥 말아 먹고 있다

위탁아 일기

드문드문 산수유꽃이 화안한 보육원에 꽃 따라 손바닥
만 한 작은 연못에도 봄이 왔다. 연못에는 오리 새끼 서
너 마리 배내짓하듯 헤엄치고 있다. 덩치만 큰 플라스틱
오리를 어미인양 노란 부리로 콕콕 쪼기도 하고 깃털에
부비기도 하며 보채지도 않고 잘 논다. 엄마는 가동질
시킬 줄도 모르는지 먼 산만 보는데 곁에만 있어도 안심
인 양 맴을 돌다가 돌아보고 또 돌아보곤 한다. 말을 못
하는 어미 탓에 행여 말 듣지 않을까 걱정인데 벌써 자
맥질 배우는지 머리를 물속에 넣었다가 도리질하며 나
잘하지 나 잘하지 하는 듯 옹알거리는 부리 끝에 부서지
는 햇살이 눈 부시다.

워낭소리

여기까지 끌고 오느라
멍에자리 깊이 패였구나

내 새끼 키운다고
네 새끼 줄줄이 정 끊고

미안하다
네 등에 업혀온 날들이

여름밤

쑥부쟁이로 모깃불을 피웠습니다
밀짚자리도 내다 펴고요
바지랑대 끝에 사각등도 달았습니다
어머니는
한쪽 무릎에 나를 누이고
또 한쪽 세운 무릎엔
삼 오라기를 올올이 삼고 있습니다
박꽃은 하얗게 달마중하고요
모깃불 속에 익는 강냉이 냄새
은하수는 어느새 눈썹에 내려앉고
풀벌레 소리 긴 꿈길을 앞서 갑니다

합강정에 와서

산도 강도 들도
본래는 한 살붙이였다는 것을
여기 합강정合江亭*에 와서야 알 수 있다
산맥이 치달리는 것도
강물이 구비치는 것도
서로 못 견디게 그리워하기 때문
태백산에서 그리고 덕유산에서
제 어미 품을 떠나
지난해 무너진 산자락도 쓰다듬고
가문 들판도 다독이고 적시며
때로는 급하게 때로는 에둘러
합강정 발아래 와서야
비로소 살을 섞고 뒤척이며
강 건너 복숭아밭까지 바알갛게 물들이는
낙동강과 남강의 저 농밀한 몸짓

*합강정合江亭: 낙동강과 남강이 합류하는 함안군 대산면 장암리에
있는 정자

산인역에서

특급열차가
마지막 남은 진달래 꽃빛마저 휘감아
낮은 산자락을 물들이고 사라집니다
떠나고 보낼 이도 없는
경전선 산인역
'산장'으로 이름이 바뀐 역사에는
어제를 모르는 사람들만
밤이 이슥토록 이별노래를 부르는데
한켠으로 밀려난 간이역엔
완행열차를 기다리는 사내 하나
추억처럼 서 있습니다
풀 먹인 무명베옷에 보퉁이를 인
낯익은 어머니는 어디에도 없습니다
중리에서건, 함안에서건
어느 어귬에서 내려도 좋을
마산역 발행 승차권 한 장이 잊혀진 듯
레일 사이에 누워
봄비에 젖고 있을 뿐입니다

엮고 나서

다섯 번째 시집을 엮었습니다.
어느새 가을이 깊었습니다.

책갈피에 접히는 빨간 단풍 같은
시 한 편으로 남고 싶습니다.

눈에 익은 묵은 시 몇 편도 따라왔군요.
읽어주셔서 감사합니다.

워낭소리

이상규 지음

발 행 처 · 도서출판 **청어**
발 행 인 · 이영철
영　　업 · 이동호
홍　　보 · 천성래
기　　획 · 남기환
편　　집 · 방세화
디 자 인 · 이수빈 | 김영은
제작이사 · 공병한
인　　쇄 · 두리터

등　　록 · 1999년 5월 3일
(제321-3210002510019990000063호)

1판 1쇄 발행 · 2022년 11월 20일

주소 · 서울특별시 서초구 남부순환로 364길 8-15 동일빌딩 2층
대표전화 · 02-586-0477
팩시밀리 · 0303-0942-0478

홈페이지 · www.chungeobook.com
E-mail · ppi20@hanmail.net
ISBN · 979-11-6855-092-6(03810)